GABRIELA BAUERFELDT

ANGELA
Angela Davis

1ª edição – Campinas, 2021

"Em uma sociedade racista, não basta não ser racista. É necessário ser antirracista."
(Angela Davis)

MOSTARDA EDITORA

No dia 26 de janeiro de 1944, na cidade de Birmingham, no estado do Alabama, nos Estados Unidos, nasceu Angela Yvonne Davis, que se tornaria um dos maiores ícones da luta pelos direitos das mulheres e contra a discriminação racial. O Alabama era um dos estados mais racistas dos Estados Unidos, o que fez com que, desde pequena, Angela testemunhasse ações muito violentas.

BRANCOS

Hambúrguer 5$

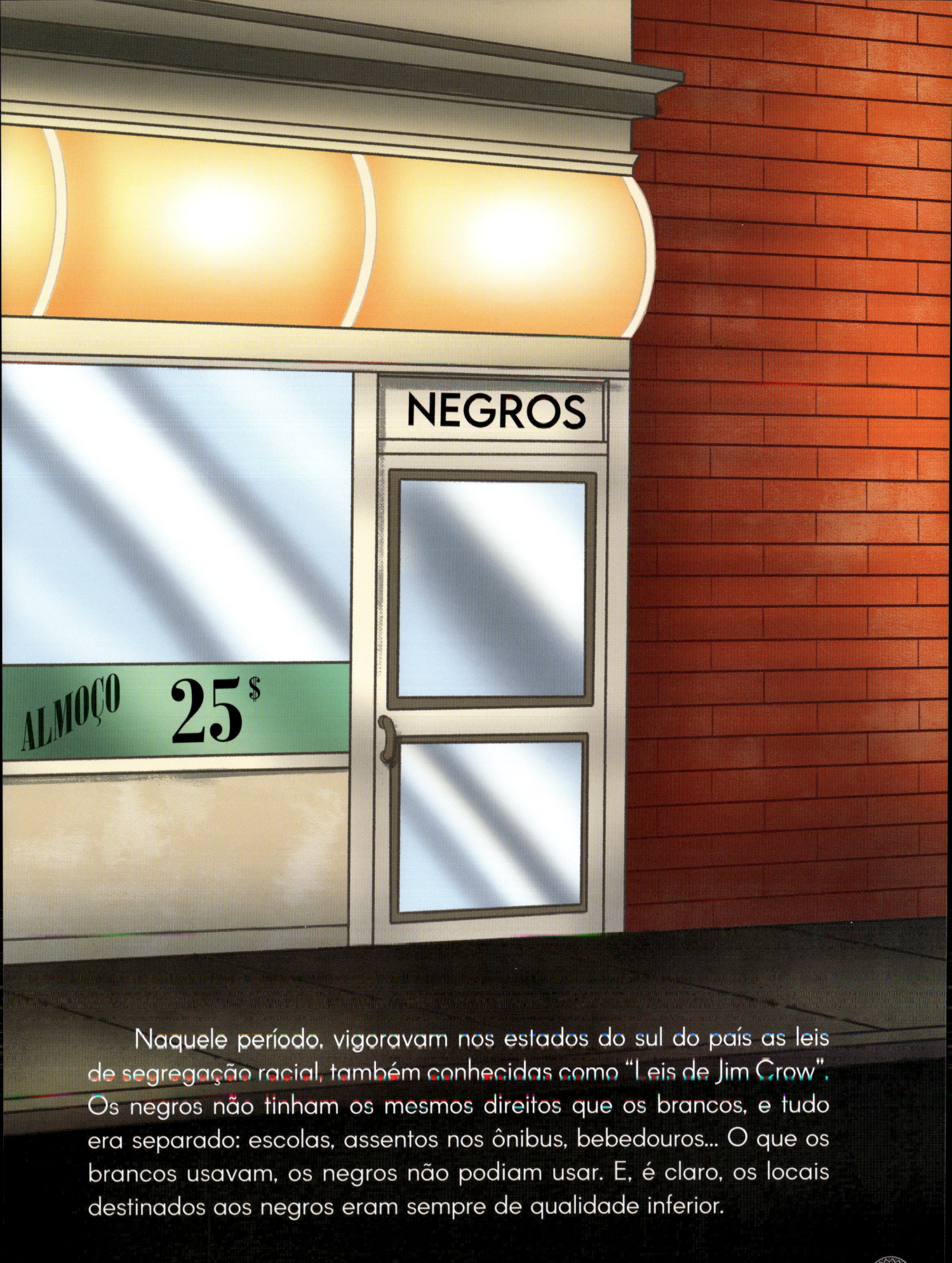

Naquele período, vigoravam nos estados do sul do país as leis de segregação racial, também conhecidas como "Leis de Jim Crow". Os negros não tinham os mesmos direitos que os brancos, e tudo era separado: escolas, assentos nos ônibus, bebedouros... O que os brancos usavam, os negros não podiam usar. E, é claro, os locais destinados aos negros eram sempre de qualidade inferior.

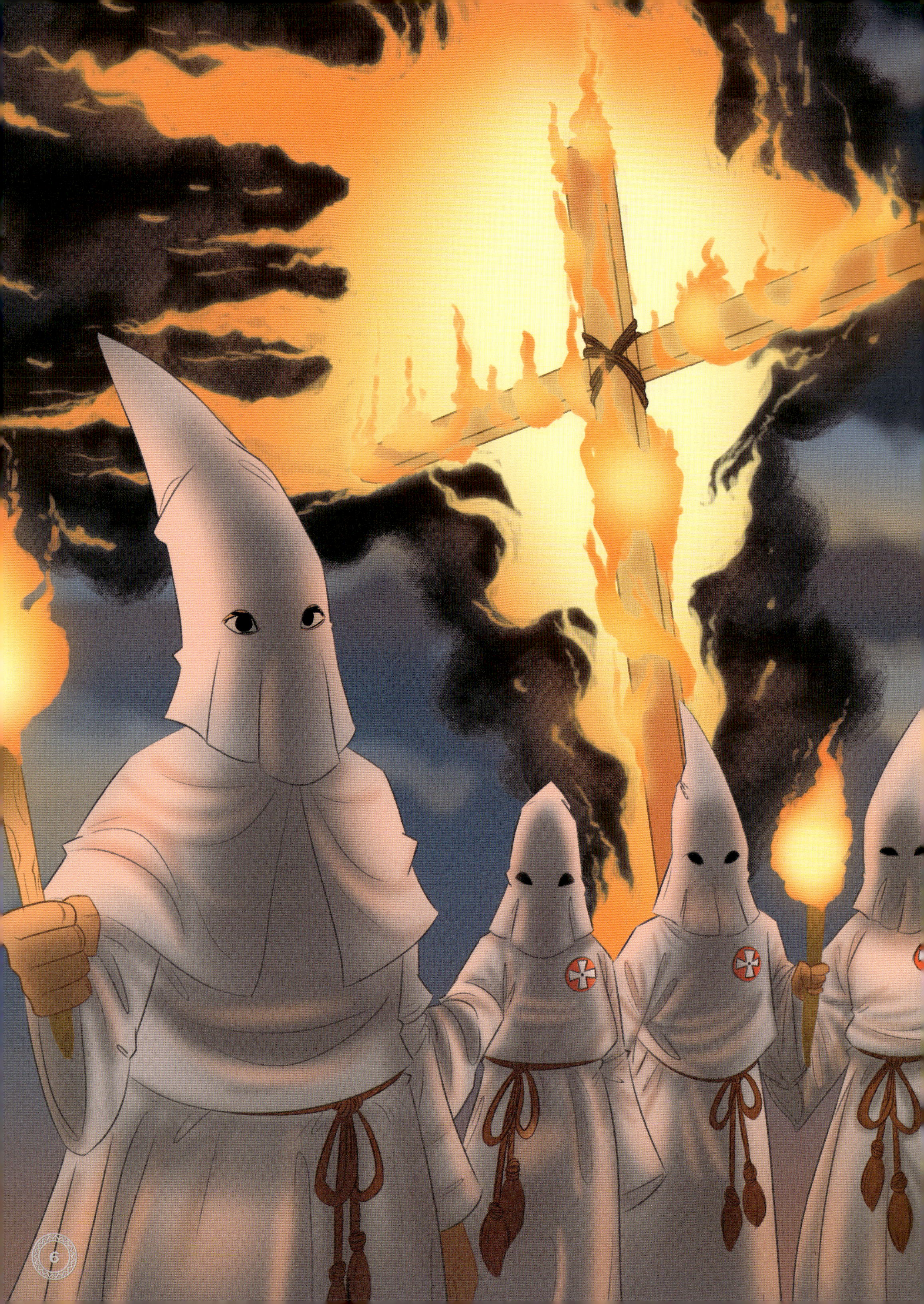

Essas leis davam muita força aos movimentos racistas. Um desses movimentos, que ficou conhecido por seus capuzes brancos e pontiagudos, foi a "Ku Klux Klan". Os seus membros defendiam a supremacia branca e incendiavam casas, escolas e igrejas frequentadas por negros, provocando sofrimento e até mortes.

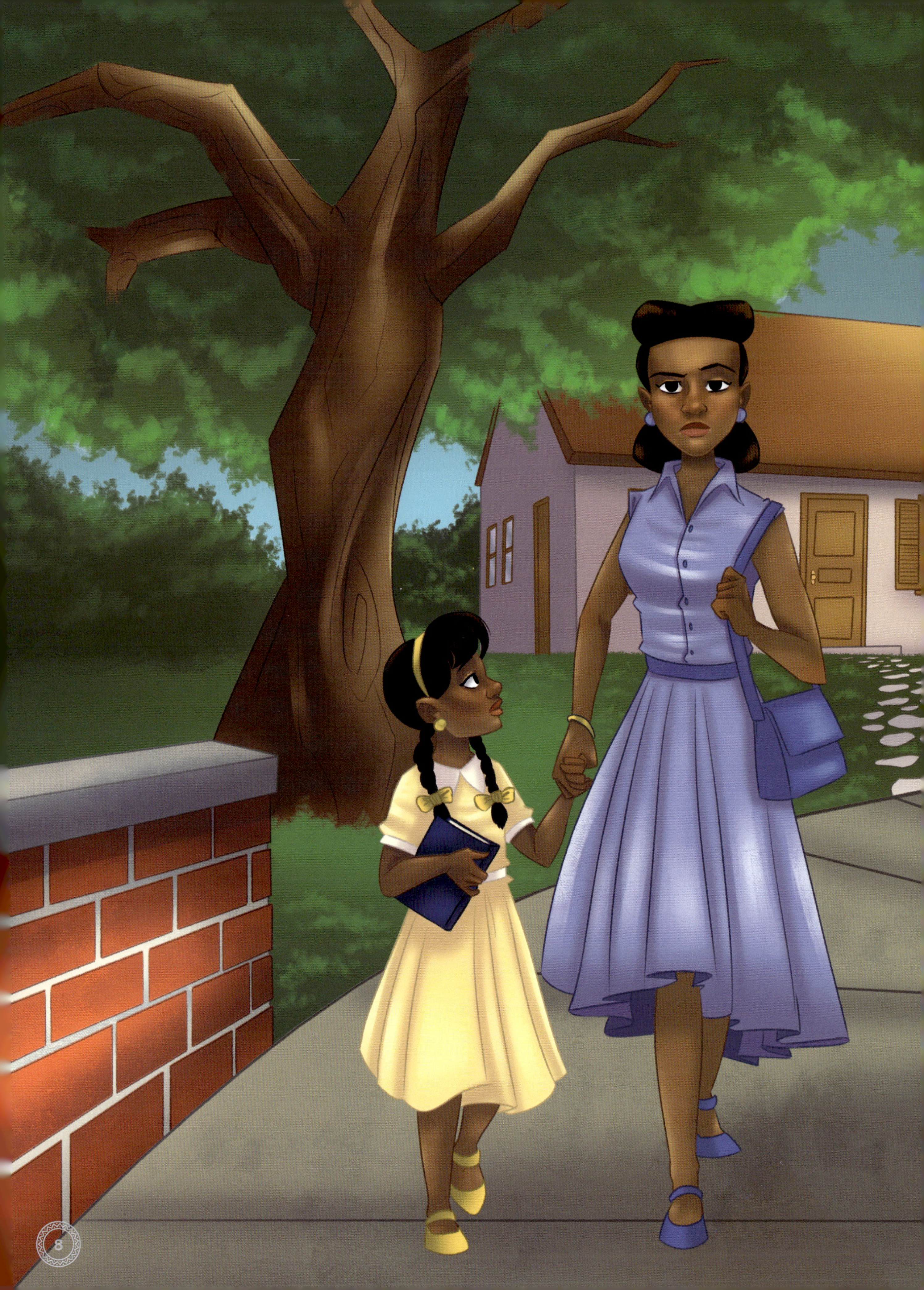

Sallye Bell, a mãe de Angela, não aceitava essas injustiças e não queria que suas filhas crescessem dominadas pela humilhação e pelo medo. Por isso, ela participava de grupos que lutavam contra o racismo. Crescer em meio a pessoas que se dedicavam a combater a desigualdade, a violência e a opressão vividas pela população negra foi uma inspiração para Angela.

Apesar do presente ameaçador e da incerteza quanto ao futuro, a pequena Angela tinha muita força e determinação dentro de si. A leitura era uma de suas grandes paixões. Ela adorava ler e estudar.

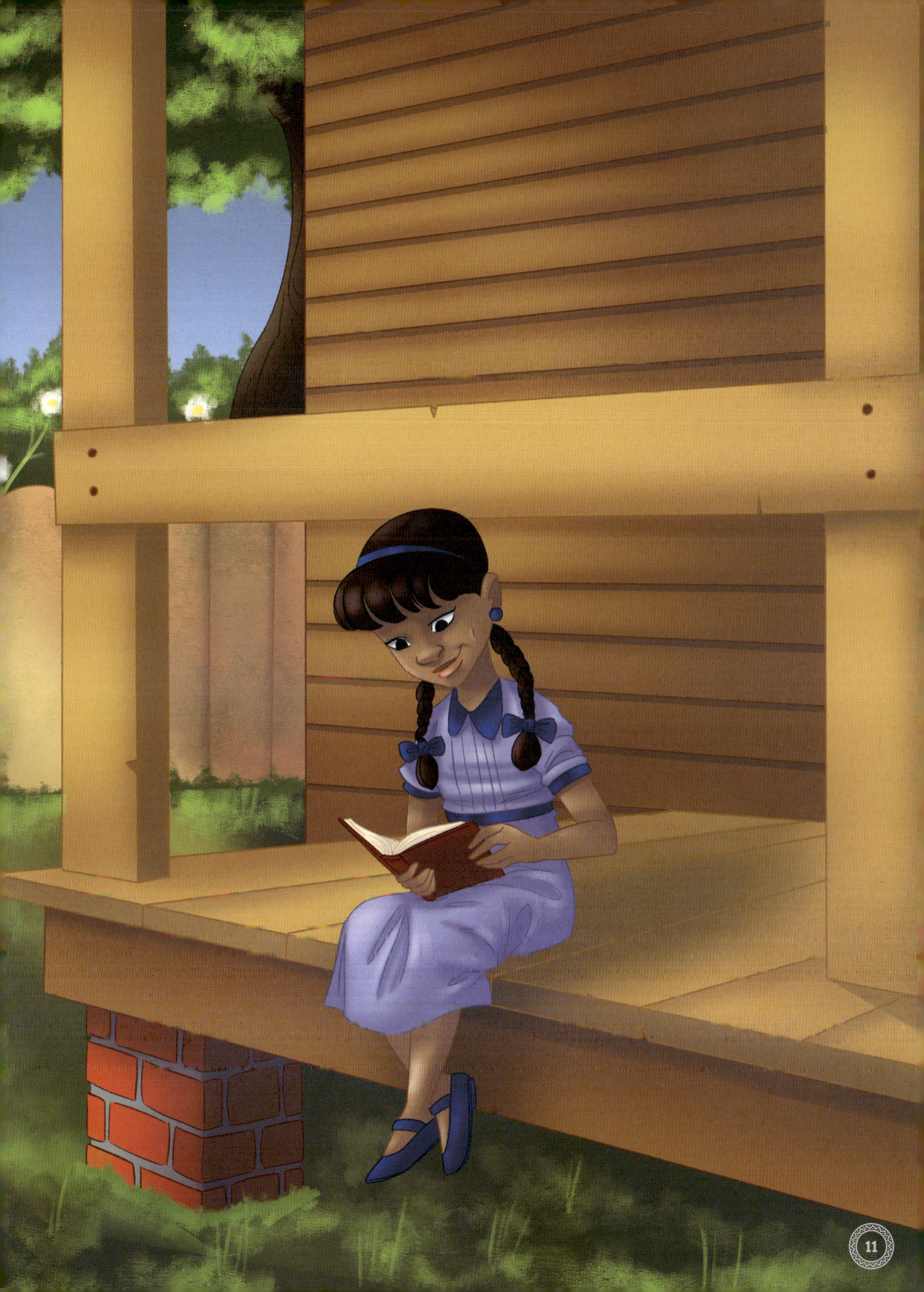

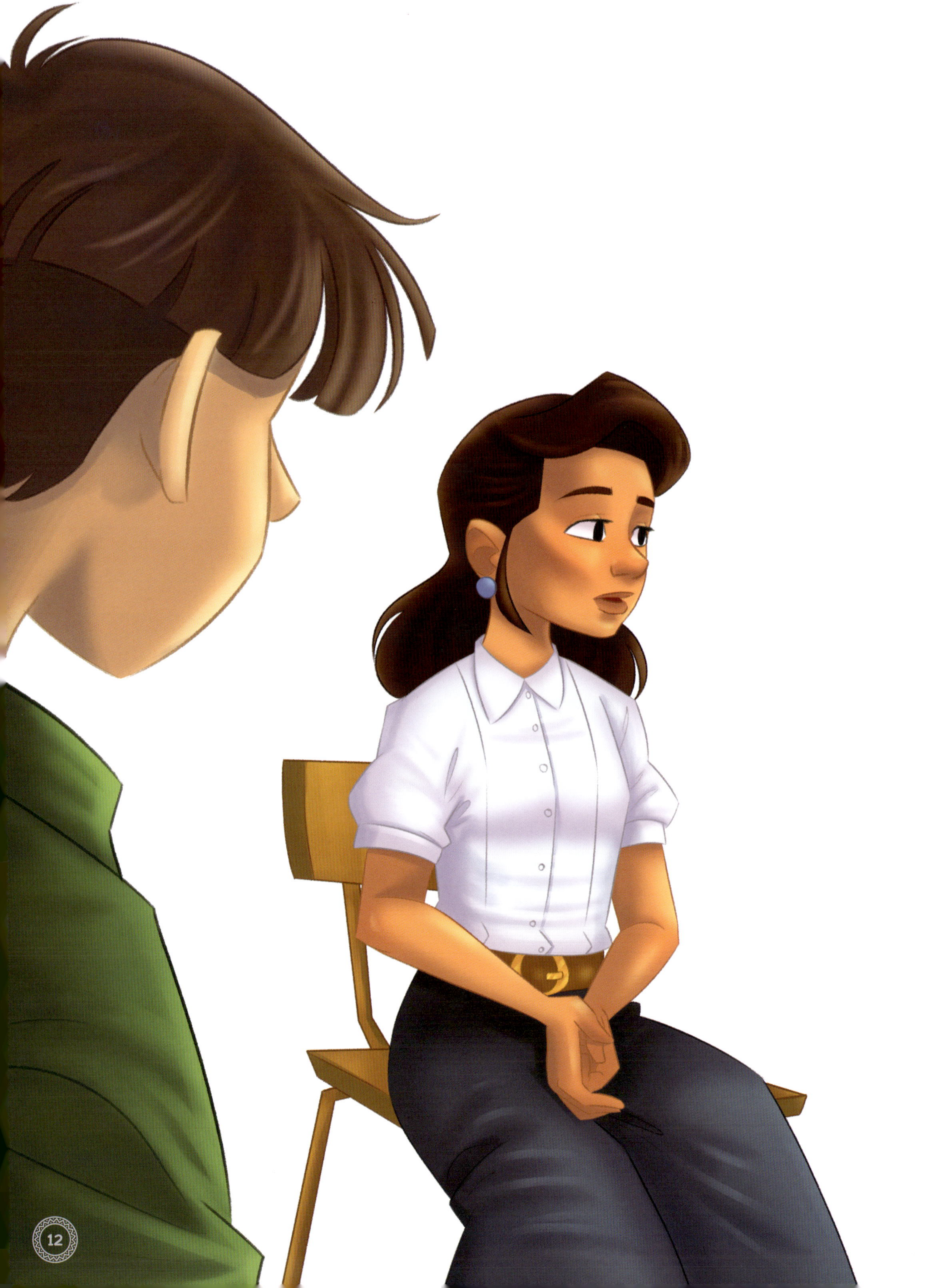

Quando adolescente, participou de um grupo de estudos sobre questões raciais e promovia conversas e debates que ajudavam a pensar sobre o direito dos negros. Embora fosse uma atividade inocente, não demorou para o grupo ser descoberto pela polícia e ter de encerrar suas atividades.

Mas Angela não parou. Aos 14 anos, sua paixão pela leitura fez com que participasse de um intercâmbio que levava alunos negros do Sul para estudarem na Greenwich Village, em Nova Iorque, estado em que não vigoravam as mesmas leis de segregação do Alabama.

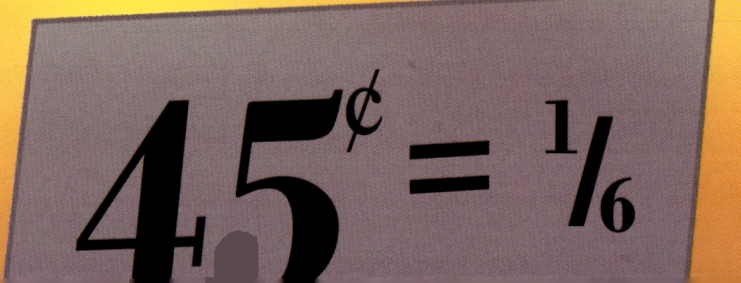

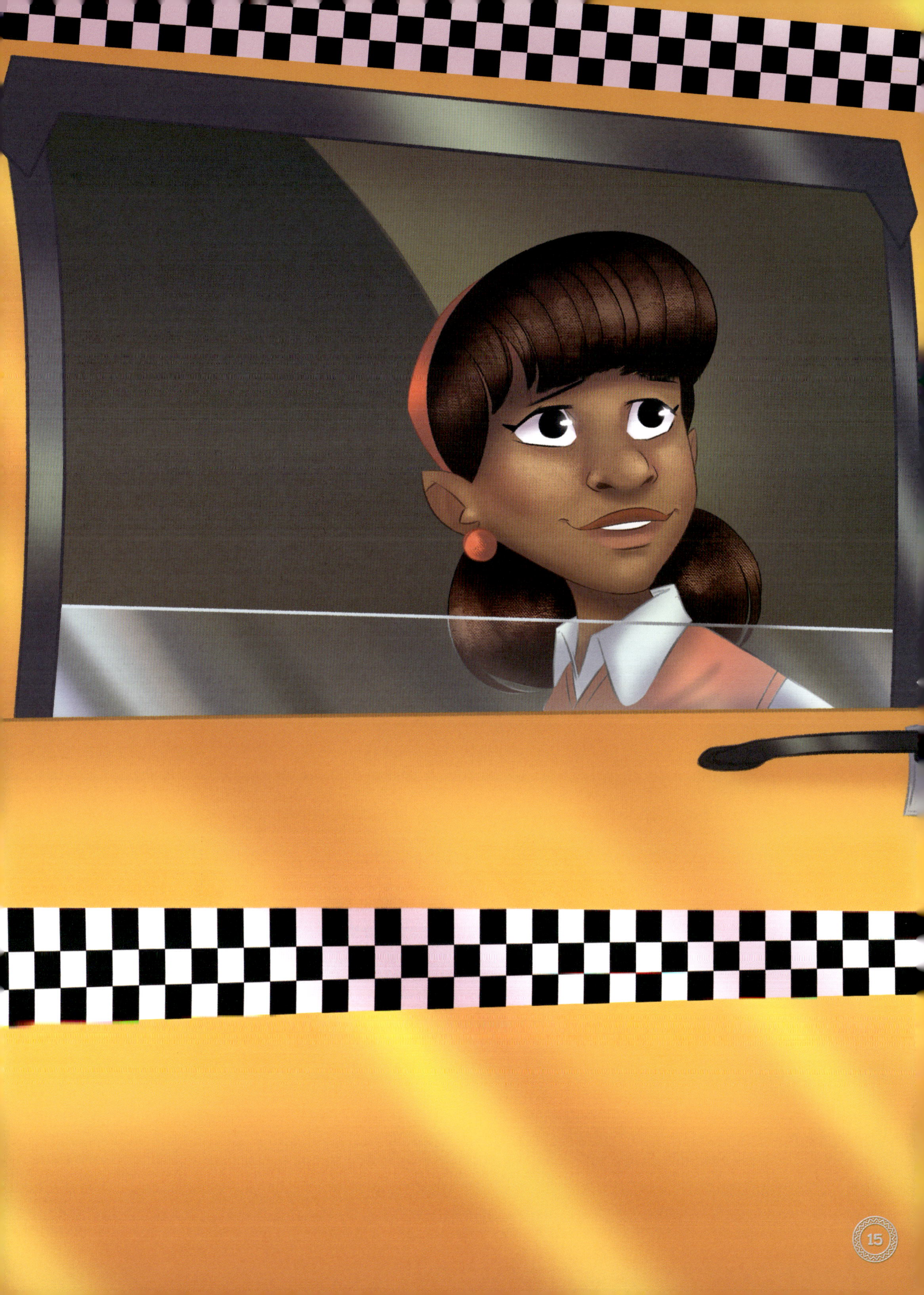

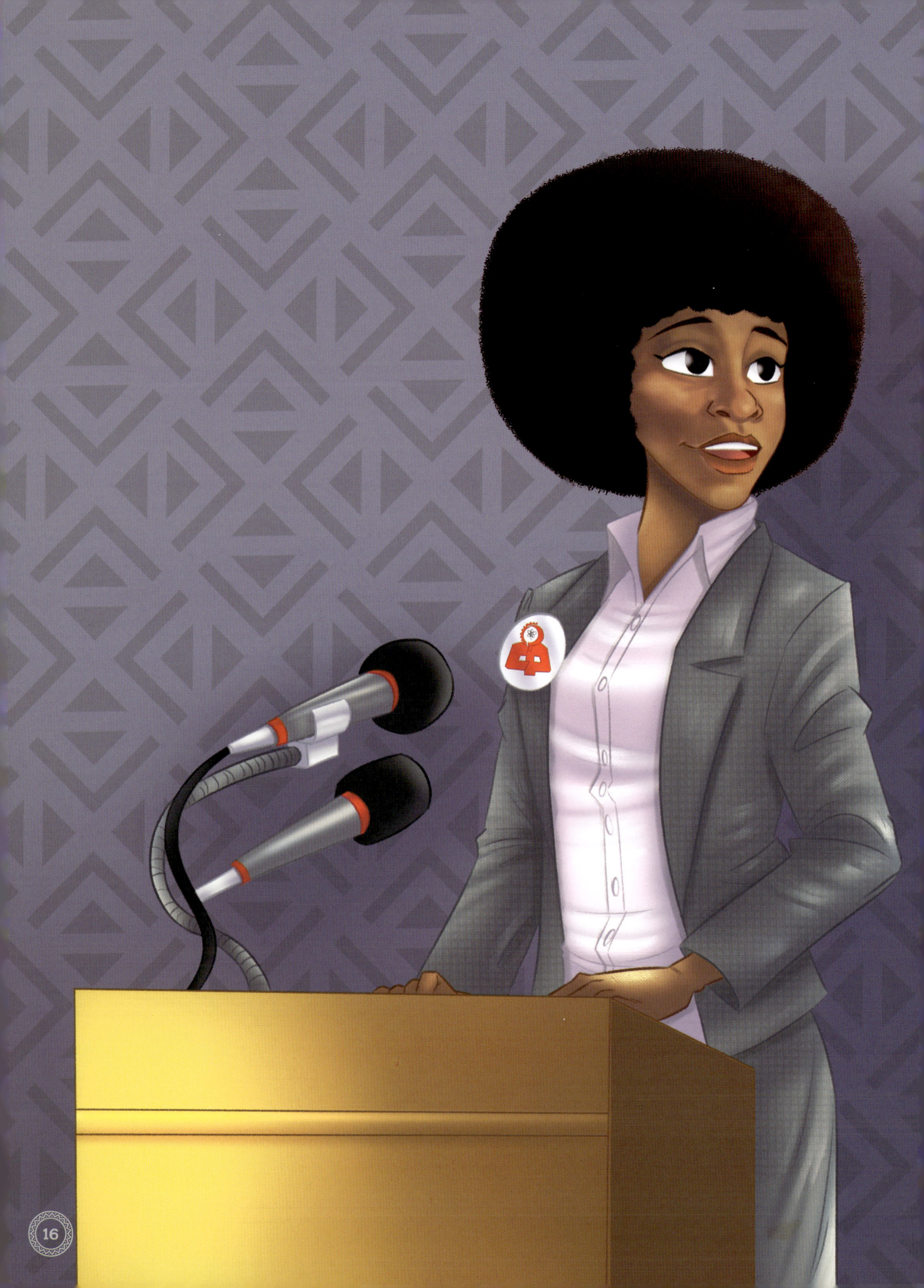

Depois de frequentar essa escola, Angela se mudou para o estado de Massachusetts para estudar Filosofia na Universidade Brandeis. Nesse período, ela conheceu o comunismo e o socialismo, formas de organização política diferentes das que aconteciam nos Estados Unidos. Angela gostou tanto dessas propostas que se tornou defensora delas e passou a frequentar de forma ativa movimentos negros e grupos que lutavam contra o racismo e defendiam a igualdade de direitos entre homens e mulheres.

A luta de Angela ganhou ainda mais força quando um atentado racista com bomba ocorreu em Birmingham, sua cidade natal, causando a morte de quatro adolescentes negras. Todas eram conhecidas suas, e isso fez com que sua "sede de justiça" aumentasse ainda mais.

A corajosa menina do Sul acreditava que a melhor maneira de se preparar para enfrentar a desigualdade era estudar cada vez mais. Depois da Universidade de Brandeis, ela seguiu para a Universidade de Frankfurt, na Alemanha, para estudar sobre educação. Quando voltou para os Estados Unidos, cursou pós-graduação na Universidade da Califórnia, onde se tornou professora de Filosofia.

Ao longo de sua trajetória, Angela participou de diversos movimentos. Um deles foi o *Student Nonviolent Coordinating Committee* (SNCC), que era uma organização antirracista fundada pelo ativista negro Stokely Carmichael.

O movimento acreditava na luta pacífica contra o racismo, ideal defendido também por Martin Luther King Jr., pastor, negro e ativista que lutava pela igualdade de direitos para negros e brancos de forma não violenta.

Com o tempo, o SNCC deixou de existir, e Angela decidiu lutar de forma mais radical. Foi nesse momento que ela aderiu ao Movimento dos Panteras Negras. Esse grupo era a favor de um jeito mais intenso de enfrentar as injustiças, aceitando inclusive a luta armada no combate ao racismo. Apesar de entrar para um movimento mais agressivo, ela fazia parte de um grupo mais pacífico que existia dentro dos Panteras Negras.

A ativista também se filiou ao Partido Comunista dos Estados Unidos. Em 1969, sua filiação ao partido fez com que ela perdesse o seu emprego como professora de Filosofia na Universidade da Califórnia. Mas esse seria apenas mais um dos muitos desafios vividos por ela.

24

Na época, ela protestava com seus parceiros contra a prisão injusta de muitos negros nos Estados Unidos. No meio dessa luta, ocorreu uma grande confusão que colocou a ativista na lista dos dez criminosos mais procurados pelo FBI.

Em 1970, Angela acompanhava o julgamento de três integrantes dos Panteras Negras que estavam presos, conhecidos como Irmãos Soledad. Na ocasião, o irmão de um dos rapazes presos, Jonathan Jackson, de apenas 17 anos, invadiu o julgamento com mais dois parceiros, todos armados. Eles sequestraram o juiz, o promotor e os jurados e fugiram em uma *van*. No estacionamento, Jackson gritava que queria a liberação dos seus irmãos. O final da história foi trágico. A polícia perseguiu o carro e houve um intenso tiroteio, no qual morreram o juiz, um jurado e os três ativistas. Segundo as investigações, uma das armas estava registrada em nome de Angela. Ela foi presa pelo FBI e acusada de sequestro e assassinato.

LIBERTE ANGELA

Nesse período, a luta por igualdade realizada por ela já era conhecida por muitas pessoas e personalidades mundiais. Seu julgamento durou 18 meses e gerou comoção internacional. A campanha por sua libertação foi intensa e chamou a atenção de intelectuais e artistas de todo o mundo. O compositor e ex-Beatle John Lennon e sua parceira, a artista Yoko Ono, compuseram uma música, chamada "Angela", em homenagem à ativista. A banda de rock britânica Rolling Stones também a homenageou com a música "Sweet Black Angel", clamando por sua liberdade. Os intensos 18 meses de prisão e o julgamento terminaram com a inocência de Angela comprovada no tribunal e com a sua libertação.

Depois da prisão, ela se tornou uma renomada professora de Filosofia e História em diversas universidades nos Estados Unidos. Ao longo desse período, também escreveu muitos livros, como *A Liberdade é uma luta constante*, *Mulheres, raça e classe*, *Estarão as prisões obsoletas?*, entre outros títulos. Além de professora e escritora, Angela também se candidatou à vice-presidência dos Estados Unidos em 1980, ao lado de Gus Hall, pelo Partido Comunista.

Até hoje ela luta por direitos iguais para homens, mulheres, negros e brancos, além de ser uma grande crítica do sistema prisional. A ativista milita pelo fim do cumprimento de penas em presídios, pois defende que os presídios dos Estados Unidos se destinam apenas a negros e latinos, já que os processos racistas fazem com que eles sejam os principais alvos das abordagens policiais.

A voz de Angela não se calou, apesar das inúmeras tentativas de silenciá-la. Ela segue como uma importante referência no movimento negro e no movimento feminista. Sua luta é exemplo para todos que acreditam na igualdade de gênero e raça.

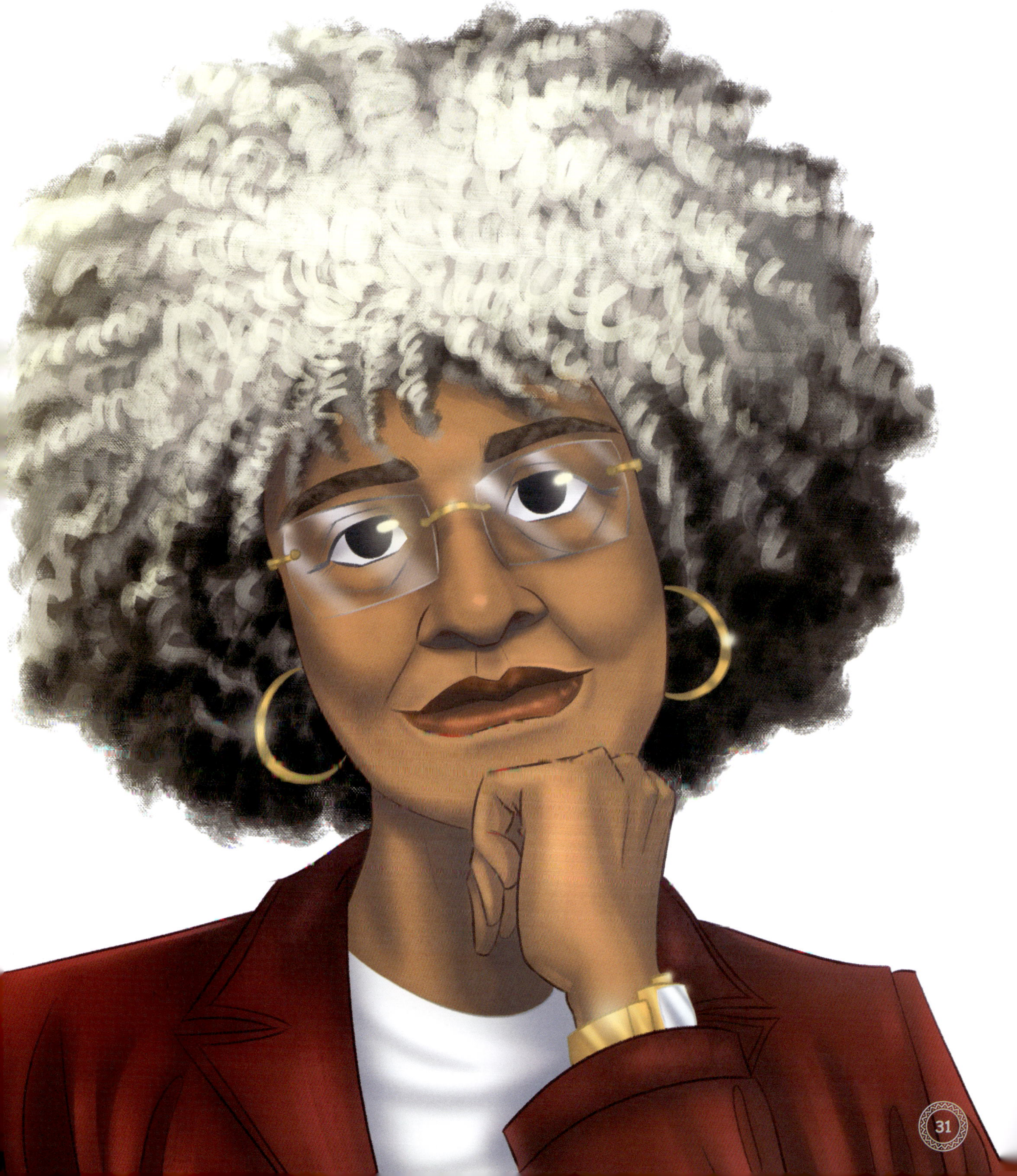

Querido leitor,

A editora MOSTARDA é a concretização de um sonho. Fazemos parte da segunda geração de uma família dedicada aos livros. A escolha do nome da editora tem origem no que a semente da mostarda representa: é a menor semente da cadeia dos grãos, mas se transforma na maior de todas as hortaliças. Assim, nossa meta é fazer da editora uma grande e importante difusora do livro, e que nessa trajetória possamos mudar a vida das pessoas. Esse é o nosso ideal.

As primeiras obras da editora MOSTARDA chegam com a coleção BLACK POWER, nome do movimento pelos direitos dos negros ocorrido nos EUA nas décadas de 1960 e 1970, luta que, infelizmente, ainda é necessária nos dias de hoje em diversos países.

Sempre nos sensibilizamos com essa discussão, mas o ponto de partida para a criação da coleção ocorreu quando soubemos que dois de nossos colaboradores, Renan e Thiago, já haviam sido vítimas de racismo. Sempre os incentivamos a se dedicar ao máximo para superar os obstáculos e os desafios de uma sociedade injusta e preconceituosa. Hoje, Thiago é professor de Educação Física, e Renan, que está se tornando um poliglota, continua no grupo, destacando-se como um dos melhores funcionários.

Acreditando no poder dos livros como força transformadora, a coleção BLACK POWER apresenta biografias de personalidades negras que são exemplos para as novas gerações. As histórias mostram que esses grandes intelectuais fizeram e fazem a diferença.

Os autores da coleção, todos ligados às áreas da educação e das letras, pesquisaram os fatos históricos para criar textos inspiradores e de leitura prazerosa. Seguindo o ideal da editora, acreditam que o conhecimento é capaz de desconstruir preconceitos e abrir as portas do pensamento rumo a uma sociedade mais justa.

Pedro Mezette
CEO Founder
Editora Mostarda

EDITORA MOSTARDA
www.editoramostarda.com.br
Instagram: @editoramostarda

© A&A Studio de Criação, 2021

Direção:	Fabiana Therense
	Pedro Mezette
Coordenação:	Andressa Maltese
Texto:	Gabriela Bauerfeldt
	Maria Julia Maltese
	Orlando Nilha
Revisão:	Marcelo Montoza
	Nilce Bechara
Ilustração:	Leonardo Malavazzi
	Lucas Coutinho
	Kako Rodrigues

Nota: Os profissionais que trabalharam neste livro pesquisaram e compararam diversas fontes numa tentativa de retratar os fatos como eles aconteceram na vida real. Ainda assim, trata-se de uma versão adaptada para o público infantojuvenil que se atém aos eventos e personagens principais.

Dados Internacionais de Catalogação na Publicação (CIP)
(Câmara Brasileira do Livro, SP, Brasil)

```
Bauerfeldt, Gabriela
   Angela: Angela Davis / Gabriela Bauerfeldt ;
ilustração Leonardo Malavazzi. -- 1. ed. -- Campinas,
SP : Editora Mostarda, 2021.

   ISBN 978-65-88183-06-9

   1. Biografia - Literatura infantojuvenil 2. Davis,
Angela Y. (Angela Yvonne), 1944- 3. Literatura
infantil I. Malavazzi, Leonardo. II. Título.

20-51188                                    CDD-028.5
```

Índices para catálogo sistemático:

1. Literatura infantil 028.5
2. Literatura infantojuvenil 028.5

Aline Graziele Benitez - Bibliotecária - CRB-1/3129